Gunter Preuß

Gespenstergeschichten

Zeichnungen von
Marlis Scharff-Kniemeyer

Loewe

*Der Umwelt zuliebe ist dieses Buch
auf chlorfrei gebleichtem Papier gedruckt.*

ISBN 3-7855-3649-6
© 2000 Loewe Verlag GmbH, Bindlach
Ungekürzte Jubiläums-Sonderausgabe der 1994 erschienenen
Leselöwen-Gespenstergeschichten
Umschlagillustration: Marlis Scharff-Kniemeyer

Inhalt

Julius, das Schlossgespenst

„Julius!", rief Paulchen in das Schloss hinein. „Wo steckst du nur wieder?"

„Hier bin ich", antwortete das Gespenst von Schloss Polterstein.

Es kroch aus einer Ritterrüstung und gähnte, dass die Schlossfliegen vor Schreck auf den Rücken fielen.

Aber Paulchen fürchtete sich nicht. Er war ein Bauernsohn und bauernschlau. Er kam aus dem Dorf Mäusenest, das am Fuß des Schlossberges lag.

Paulchen und Julius waren befreundet. Früher hat Paulchen vor dem Schloss- gespenst Angst gehabt. Bis Julius ihn vor dem wütenden Dackel Alois vom Waldessaum gerettet hat, der den Jungen um alles in der Welt ins Bein beißen wollte. Aus Dankbarkeit hatte Paulchen die Pflege des Schlossgespenstes übernommen: die Motten ausschütteln, einmal monatlich mit der Feinwäsche waschen, trockenschleudern und aufbügeln.

„Es ist längst Tag. Die Sonne scheint", sagte Paulchen. „Du verschläfst ja dein Leben."

„Blödsinn", entgegnete Julius. „Die vergangene Nacht war anstrengend. Diebe waren im Schloss. Sie wollten das Bild vom alten König Karl stehlen. Aber als ich meinen Kopf abgenommen und ‚Juchhe' gerufen habe, sind sie schreiend davongerannt."

Paulchen nahm aus einem Einkaufsbeutel einen Pinsel und zwei Farbdosen. Auf den Dosen stand: Mehrzweckfarbe. Für Gespenster besonders geeignet. Bitte gut umrühren.

Er zog zwei Striche auf den Fußboden, einen weißen und einen grünen, und sagte: „Julius, du kannst dir eine Farbe aussuchen. Ich werde dich jetzt streichen, damit du wie neu aussiehst."

Das Schlossgespenst war eitel, als wäre es beim Film angestellt.

Es überlegte, dann ließ es sich weiß streichen, mit grünen Punkten. So, wie es die neueste Pariser Mode vorschrieb. Julius drehte und wendete, bückte und streckte sich, dass er auch überall genügend Farbe abbekam.

Paulchen sagte: „Julius, du musst mir helfen."

„So etwas dachte ich mir doch", sagte das Schlossgespenst. „Was soll ich denn dieses Mal tun: Die Hühner erschrecken, damit sie mehr Eier legen? In Großmutter Annas Schlafkammer spuken, damit sie einen spannenden Traum hat? Oder soll ich auf dem Kirchturm den Handstand machen, so dass der Herr Pfarrer *Gottverdammt!* ruft?"

„Komm nur mit", sagte Paulchen und malte Julius den grünen Schlusspunkt auf die Nase. „Du wirst schon sehen."

Beide waren zufrieden, Paulchen mit seiner Kunstmalerei und Julius mit seinem Aussehen. Sie rannten den Schlossberg hinunter. Das heißt, Julius schwebte. Wie sich das für ein Gespenst gehört.

Im Dorf Mäusenest wurde das Erntefest gefeiert. Eine Blaskapelle spielte. Es wurde getanzt und gesungen. Bratenduft lag in der Luft. Der Bauer Ochs und der

Bauer Schwarte versuchten einander im Armbiegen zu besiegen. Im Geschrei war kein Wort zu verstehen.

„Was soll ein Gespenst denn hier?", fragte Julius verärgert. „Ich brauche Ruhe, Dunkelheit und mein Schloss Polterstein. Also, ich verdrücke mich lieber."

Paulchen fasste Julius am Kragen. Er zeigte auf ein Mädchen. Es hatte rote Locken, Sommersprossen und eine Stupsnase. Es aß gerade Pfannkuchen. Das Gesicht war mit Marmelade verschmiert.

„Das ist Paulinchen", sagte Paulchen. „Sie kommt aus der Stadt und ist zu Besuch hier. Julius, du musst ihr dringend etwas sagen. Aber zuerst musst du für Ruhe sorgen."

„Na, wenn es denn sein muss", sagte das Schlossgespenst. Julius zog eine große Schau ab: Er flog durch die Lüfte, dass es knatterte. Er lachte, dass es klang wie Kettengerassel. Er rauschte den Leuten zum einen Ohr hinein und zum anderen wieder hinaus. Und wer seinen Mund offen ließ, dem kitzelte er die Zunge.

Augenblicklich war es in Mäusenest mucksmäuschenstill.

Dann aber wurde fleißig mit den Zähnen geklappert. Alle sahen auf Paulchen, hinter dem Julius wie eine weiße Wand stand.

Paulchen flüsterte dem Gespenst zu: „Nun sag Paulinchen, dass ich sie liebe."

Aber Julius wollte nicht. Er meinte: „Ich bin nicht verliebt in die Rothaarige. Also sag es ihr selbst."

Paulchen holte tief Luft. Er nahm all seinen Mut zusammen und rief, so laut er konnte: „Paulinchen, ich hab dich lieb!"

„Nein, gibt's denn so was", sagte Paulinchen und aß noch einen Pfann-kuchen.

„Und keine Angst", rief Paulchen. „Julius ist völlig harmlos. Er ist nur ein Gespenst und frisst aus der Hand."

„Aber nur Gummibärchen", sagte Julius.

Nun freuten sich die Mäusenestler. Sie nahmen Paulchen und Paulinchen in ihre Mitte und riefen: „Mensch, muss Liebe schön sein!"

Es wurde weitergefeiert. Und Julius war überall dabei. Als Kegelkugel nahm er seinen Kopf. Er tanzte mit Großmutter Anna Polka. Und mit dem Bauern Ochs trank er ein Fass Bier leer.

Als es dunkel wurde, brachten Paulchen und Paulinchen Julius zum Schloss Polterstein. Julius schwankte ein wenig. Im Ahnensaal kroch er dann auch gleich in die Ritterrüstung.

„Wir wünschen eine gruselige Nacht!", riefen Paulchen und Paulinchen.

Julius reckte den Kopf aus der Rüstung, gähnte und sagte: „Feiern ist fast noch schöner als spuken." Und schon schnarchte er, dass Kaiser Karl im Goldrahmen die Barthaare zitterten.

Ein Gespenst zum Kranklachen

Die Vom Letzten Hemd sind verarmter
Gespensteradel. Vor ein paar hundert
Jahren spukten sie noch in einem
goldenen Schloss. Jetzt nennen sie ein
altes, verfallenes Haus ihr Heim. Das
Haus steht in einer Gegend, in der sich
die Mäuse gute Nacht sagen und die
Sperlinge auf dem letzten Loch pfeifen.
   Aber so arm die Vom Letzten Hemd
sind, so stolz sind sie auch. Vor allem der
Vater. Würgedich vom Letzten Hemd ist
ein schreckliches Gespenst. Der Vater

sagt zu seiner Frau Spinnennetz und seinen dreizehn Kindern immer wieder: „Wer über uns Letzte Hemden lacht, dem drehen wir Knoten in die Ohren. Und lacht er immer noch, wird er zu Pflaumenmus gemacht."

Alle Letzten Hemden jubeln dazu, bis auf das jüngste und kleinste Gespenst. Es heißt Kreideweißchen und ist zart und durchsichtig wie ein Seidentuch. Nur Kreideweißchens Kopf ist weiß wie Kreide, sonst ist sie bunt wie ein Regenbogen. Und sie duftet nach Vergissmeinnicht.

Kreideweißchen ist traurig. Sie wäre auch gern so fürchterlich und schrecklich wie ihr Vater. Aber immer, wenn die Letzten Hemden zur Mitternacht ausfliegen um jemanden das Gruseln zu lehren, muss Kreideweißchen lachen. Und ihr Lachen ist ansteckender als der schlimmste Schnupfen. Alle umliegenden Krankenhäuser sind voller Leute, die sich über das kleine Gespenst krankgelacht haben. Gegen Lachen hilft ja bekanntlich keine Medizin. Und so sind die Doktoren und Professoren ratlos.

„Kreideweißchen, du bringst die ganze Welt durcheinander", sagt Mutter Spinnennetz. „Ein ordentliches Gespenst hat nun einmal fürchterlich zu sein."

„O ja!", rufen die zwölf Geschwister. „Die Leute müssen vor Angst auf den Hintern fallen! Das Grauen muss sie packen und schütteln! Giftgrün oder totenbleich müssen sie werden!"

Kreideweißchen verspricht zum neunundneunzigsten Mal Besserung. Sie stellt sich vor den Spiegel und übt schrecklich auszusehen. Sie verzieht ihr Gesicht, verbiegt und verrenkt sich und versucht grimmig zu schauen. Aber gleich muss sie wieder lachen. Und schon sieht sie wieder ganz freundlich in die Welt.

Jetzt haben sich sogar die Mutter und die Geschwister krankgelacht. Sie hängen auf der Wäscheleine über dem Küchenherd und wollen das Lachen ausschwitzen.

„Wir müssen uns ja zu Tode schämen", sagt Vater Würgedich wütend. „So kann das nicht weitergehen. Kreideweißchen, jetzt nehme ich deine Erziehung in die Hände. Du musst werden wie ich."

Als es dunkel ist, schweben Würgedich und Kreideweißchen zum Zirkus Lustig. Es ist die Nacht der Prominenten und alles, was Rang und Namen hat, tritt in der Manege auf. Die Rocksängerin Schreia Krächz reitet auf einem Esel.

Der Minister Fett zaubert
aus dem schwarzen Zylinder
ein weißes Kaninchen.
Und die Fernsehansagerin
Frau Zahnlücke streckt
ihren Kopf in einen Löwenrachen.

Das Publikum klatscht sich die Hände
heiß und schreit: „Wau!"

Der Gespenstervater reißt sich den Kopf
ab über so viel Unvernunft. Er sagt zu
seinem Töchterchen: „Jetzt sind wir dran!
Jetzt zeigen wir allen Spaßmachern den
Ernst des Lebens! Die sollen sich zu Tode
fürchten!"

Und plötzlich erscheinen in der Kuppel
des Zirkuszeltes die beiden Gespenster.
Würgedich schwingt am Trapez. Er lässt
seinen Kopf den siebenfachen Salto
springen. Er brüllt, dass die Löwen den
Schwanz einziehen und die Strauße den
Kopf in den Sand stecken. Er erhängt
sich am Seil, lässt die grüne Zunge
heraushängen und baumelt kreuz und
quer durch das Zirkuszelt.

Das Publikum sitzt starr vor Schreck. Große Männer verstecken sich hinter ihren kleinen Frauen. Dem Zirkusdirektor steht der Mund weit offen. „Hilfe, ein Gespenst!", ruft ein Kind.

Da greift Kreideweißchen in das Geschehen ein. Sie schüttelt sich und lässt rote Rosen regnen. Sie zwitschert wie eine Heidelerche und singt: „Hollahi! Wir lachen uns krank, denn das ist gesund. Hollaho!"

Und dann lacht Kreideweißchen, dass sich selbst ihr Vater krumm und schief und dumm und dämlich lachen muss. Das Publikum springt von den Bänken auf und klatscht rauschenden Beifall.

Kreideweißchen verbeugt sich tief. Sie flüstert ihrem Vater zu: „Tut mir schrecklich Leid, Papa. Ich kann nicht so sein wie du. Ich bin nun einmal so wie ich."

Drei auf dem Friedhof

Das kleine Gespenst Sturkopf hatte Krach mit seinen Eltern. Die Eltern sagten: „Was für eine schöne, finstere Nacht."

Sturkopf entgegnete: „Es ist viel zu hell zum Herumgeistern."

Sagten die Eltern „Grün", sagte ihr Kind „Blau". Schwebten die Eltern vorwärts, schwebte Sturkopf rückwärts.

Da schlug der Vater mit der Faust auf den Tisch und schrie: „In meinem Haus bestimme immer noch ich! Wenn du keine Ruhe geben kannst, musst du eben gehen! Alt genug bist du!"

„Na schön", sagte Sturkopf. „Dann gehe ich."

Das kleine Gespenst flog in die Welt. In Afrika lebte es im Urwald. Und in Amerika saß es auf dem Kopf der Freiheitsstatue und ließ die Beine baumeln. Dann sah es sich Europa an.

Schließlich fand Sturkopf auf dem alten
Pariser Friedhof Totenstill ein Zuhause.
Tagsüber schlief das kleine Gespenst im
Glockenturm der Kirche. Und nachts
schwebte es über den Friedhof und
erzählte den Toten Gespenster-
geschichten.

Sturkopf war mit seinem Leben
zufrieden. Nur die Langeweile machte
ihm manchmal zu schaffen. Außer ein
paar Mäusen, Katzen und Kaninchen gab
es niemanden, dem das kleine Gespenst
einen Schreck einjagen konnte.

Eines Nachts saß Sturkopf gelangweilt auf einem Grabstein und gähnte. Plötzlich fuhr ihm der Schreck unter das Hemd.

Da lehnte etwas an einem Holzkreuz. Es war feuerrot, hatte einen Ziegenkopf, einen Kuhschwanz und einen Pferdefuß.

Das war der kleine Teufel Höllenfeuer. In der Hölle hatte er sich den Hintern verbrannt, nun suchte er auf der Erde ein bisschen Abkühlung.

Höllenfeuer sagte: „Der Friedhof gefällt mir. Hier bleibe ich und ärgere den Pfarrer."

„Das ist mein Friedhof", begehrte Sturkopf auf. „Verschwinde! Aber ein bisschen plötzlich!"

Doch der kleine Teufel verschwand nicht. Er zündete im Abfallkorb ein Feuer an, setzte sich hinein und brummte behaglich.

Wenn Sturkopf um Mitternacht herumspukte, polterte auch Höllenfeuer durch den Friedhof. In der Kirche riss er Seiten aus den Gesangbüchern. Den Katzen zog er die Schwänze lang. Und mit den Toten spielte er Skat und Mensch-ärgere-dich-nicht.

Das kleine Gespenst und der kleine Teufel konnten sich nicht riechen. Wenn sie sich begegneten, schrien sie „Puh!", und hielten sich die Nase zu. Sturkopf versteckte sich hinter Bäumen, Grabsteinen und Kreuzen und erschreckte das Teufelchen. Und Höllenfeuer stieß dem kleinen Gespenst mit den Hörnern ins Hinterteil und zündete sein Nachthemd an.

Wer weiß, was die beiden einander noch alles angetan hätten, wenn nicht am Freitag, dem 13., ein Hexenbesen auf dem Friedhof gelandet wäre. Auf dem Besen saß die kleine Hexe Herzchen. Sie lachte und rief: „Wünsche eine gute Nacht! Na, wie geht's denn, ihr beiden Hübschen?"

„Mann, sieht die süß aus!", rief Höllenfeuer. „Wie ein Fass voller Bienenhonig! Zum Auffressen!"

Auch Sturkopf gefiel die kleine Hexe mit dem Wuschelhaar, den blinkernden Augen und den dreiunddreißig Sommersprossen auf der Nase.

Herzchen sah sich auf dem Friedhof um. Sie nickte und meinte, dass es ihr hier gefallen könnte. Und ohne viel zu fragen blieb sie. Drei Nächte lang sah sie sich den Streit zwischen dem kleinen Gespenst und dem kleinen Teufel an. Dann sang sie:

„Immer nur: Wumm, wumm, wumm!
Ihr haut euch hier die Nasen krumm,
schlagt euch noch die Köpfe ein,
ein jeder will der Stärkste sein.
Doch ihr beide seid so dumm!
Ihr rennt doch nur im Kreis herum."

„Aber der Friedhof gehört mir!", schrie Höllenfeuer.

„Nein, mir gehört er! Ich war zuerst hier!", schrie Sturkopf.

„Quatsch mit Himbeersoße", sagte

Herzchen. „Der Friedhof gehört dem lieben Gott. Und der wohnt im Himmel und sagt amen."

Sieben Nächte ließen sich das kleine Gespenst und der kleine Teufel nicht mehr sehen. Da platzte der kleinen Hexe der Kragen. Sie holte Sturkopf aus dem Glockenturm und Höllenfeuer aus den Flammen.

„So, ihr beiden Hübschen", sagte Herzchen. „Jetzt packen wir es an. Jetzt machen wir was draus."

Die kleine Hexe spuckte allen in die Hände. Aus Sargbrettern zimmerten sie eine Bude. Und als in der Nacht die Kirchturmuhr zwölfmal schlug, riefen die drei aus ihrem neuen Laden

FÜRCHTERLICHE SPEZIALITÄTEN

„Zu verkaufen: Saftiger Teufelsbraten! Garantiert echte Spukschlösser! Verdammt klebriges Hexenpech!"

Von nun an kamen jede Nacht allerlei Gespenster, Teufel und Hexen nach Paris auf den Friedhof Totenstill. Es war ein fröhliches, buntes Treiben. Man erfuhr immer das Neueste. Langeweile gab es nicht mehr. Das Allerneueste aber war, dass Herzchen heiraten wollte. Sie wusste nur noch nicht, wen: Sturkopf oder Höllenfeuer? Schließlich liebte sie beide.

Na, so was!

Die Gespensterfalle

Carolinchen wohnt mit ihren Eltern in einem schönen Haus, das von einem blühenden Garten umgeben ist. Im Haus ist die Konditorei Süßes Leben untergebracht. Die Eltern sind Konditorenmeister und backen wunderbare Sachen: Sahnetorten, Schweinsohren, Pfannkuchen, Nugatröllchen und vieles mehr, was gut schmeckt und fett macht.

Carolinchen hat alles, was ein Kind zum Leben braucht. Sie hat sogar viel mehr. Puppen, Bälle und Spiele liegen in allen Ecken herum. Sie könnte sich am Tag x-mal umziehen und hätte doch noch etwas Neues anzuziehen. Und inzwischen isst sie nur noch Schokoladentorte.

„Pfui Teufel!", ruft sie und beißt schon in das nächste Stück Torte. Carolinchen wird dicker und dicker. Sie ähnelt immer mehr einem kleinen Schweinchen. Noch sieht sie ganz niedlich aus. Aber aus Schweinchen werden auch einmal große Schweine.

Sie sagt zu sich: „Caroline, wenn das mit dir so weitergeht, gibt es einen Knall und du bist geplatzt."

An allem ist die Langeweile schuld. Die Eltern haben nie Zeit für ihre Tochter. Lange bevor Carolinchen morgens aufsteht, sind Vater und Mutter schon in der Backstube. Dann stehen sie bis zum Abend im Geschäft und verkaufen, was sie gebacken haben. Schließlich schlafen sie vor dem Fernseher ein.

Zum Spielen findet Carolinchen oft niemanden. Die einen Kinder sind ihr zu babyhaft, die anderen zu erwachsen. Und alle rufen „Pfannkuchen!" hinter ihr her.

Carolinchen wird mit sich und der Welt immer unzufriedener. Sie isst, stöhnt, jammert und sie wünscht sich, dass endlich etwas passiert. Zum Beispiel, dass ihr ein Tausendfüßler den Rücken hoch- und herunterläuft.

Da hat sie eine Idee. Carolinchen hat soeben das Buch „Gespenster-geschichten" gelesen. Sie musste lachen. Es hat sie aber auch mächtig gegruselt. Nun will sie eine Gespensterfalle bauen. Mal sehen, ob sie ein paar Gespenster fangen kann, die ihr die Langeweile vertreiben.

Carolinchens Goldhamster Backe ist wieder einmal aus seinem Käfig ausgebrochen. Er hat sich im Sofa eingenistet und beißt die Eltern beim Fernsehen in den Hintern, wenn sie zu laut schnarchen.

Carolinchen baut den Hamsterkäfig zu einer Gespensterfalle um. Jeder weiß, dass Gespenster ganz verrückt auf weiße Bettlaken sind. Also nimmt Carolinchen ein Bettlaken aus Mutters Wäscheschrank und steckt es in den Käfig. Die Käfigtür klappt sie auf und bindet eine Schnur daran.

Es ist dunkle Nacht. Carolinchen liegt bäuchlings auf dem Bett und hält das Ende des Fadens in den Händen. Sie wartet auf die Geisterstunde. Endlich ist es soweit. Ihre Armbanduhr piept zwölfmal. Der Wind bläst in die Gardine. Ein Gespenst huscht herein. Dann ein zweites und ein drittes. Es wird gewispert und getuschelt. Hin und her, hinauf und herunter flattern die drei Gespenster. Und dann im Kreis um die Falle herum.

Das erste sagt: „In diese Falle gehen wir nicht, wir sind doch nicht bescheuert!"

Das zweite meint: „Womöglich kriegt man dann die Gicht oder man wird im Kamin verfeuert."

Das dritte ruft: „Doch das Laken ist so blütenweiß, so fleckenlos, ganz ohne

Vogelscheiß. Es würde uns verdammt gut kleiden. Schwer ist es sich richtig zu entscheiden."

Und die drei schreien: „Also, rein oder raus?"

„Na los doch!", flüstert Carolinchen. „Nun aber ab in die Falle!"

Und hast du nicht gesehen, sind die drei Gespenster im Hamsterkäfig und raufen um das Bettlaken. Carolinchen lässt die Schnur locker und klapp, ist die Falle zugeschnappt.

Da gibt es ein großes Gejammer. Die Gespenster rufen „Ach" und „Weh".

„Klappe halten", sagt Carolinchen. „Hört meinen Vorschlag. Ich befreie euch aus dem Hamsterkäfig und schneidere euch aus dem Laken drei einwandfreie Hemden – wenn ihr mir versprecht, dass ihr in der Konditorei Süßes Leben gewaltig Spuk macht."

„Wir schwören", rufen die Gespenster und drehen sich Knoten in die Nasen, damit sie es nicht vergessen. Carolinchen

lässt sie frei, schneidert ihnen drei
Hemden und meint: „Nun zeigt mal, was
ihr so könnt."

Die drei geben sich alle Mühe. Sie
fliegen krächzend als weiße Raben
herum. Dann winden sie sich als
Schlangen im Bett. Und als Menschen
knallen sie sich die Fäuste auf den Kopf.
Schließlich reißen sie sich die Ohren ab
und kitzeln damit Carolinchens
Fußsohlen.

Carolinchen gruselt es, als würde ihr ein Dreitausendfüßler über den Rücken laufen. Oh, das tut gut! Und dann schläft sie ein. Das erste Gespenst dient ihr als Kopfkissen. Das zweite als Bettdecke. Und das dritte hält sie im Arm.

Die drei Gespenster bleiben bei Carolinchen. Sie lassen sich mit Torte dick und fett füttern. Nur Carolinchen wird schlank. Sie langweilt sich nicht mehr. Denn auch am Tag spuken die Gespenster. Sie ziehen den Gästen die Kuchenstücke vom Mund weg. Dafür bekommt der Gast – schmatz! – einen kalten Kuss. Wer meckert, dem wird der Kaffee versalzen. Wer immer noch nicht still ist, der kriegt einen Schlag Sahne auf den Hut. Und jedes der Gespenster bekommt von Carolinchen einen Namen. Sie heißen Tortenklau, Rülps und Bauchweh.

In der Gespensterfalle sitzt wieder der Goldhamster und denkt: O Backe, was ist das für ein gruseliges Leben.

Das Filmgespenst

Alle Welt ist stolz auf Max. Vor allem seine Eltern. Das sind schon mal zwei. Dazu kommen seine neunundneunzig Tanten und Onkel. Und seine unzähligen Verehrerinnen: Anna, Beate, Cäcilie, Dolly …

Dabei ist der Knabe gerade mal sechs Jahre alt und kann kaum über den Tisch gucken. Aber Max ist ein Filmstar. In jedem Gespensterfilm spielt er die Hauptrolle.

Auch heute wird Max wieder als Schauspieler gebraucht. Gedreht wird der Gespensterfilm „Mitternacht auf Burg Gruselstein". Der Drehort ist eine alte Ritterburg. Sie steht auf einem Hügel und beherbergt ein Museum für Ritterrüstungen.

Es ist Abend. Die Sonne geht unter. Auf dem Burghof rennen die Filmleute umher.

Kameras werden aufgestellt, Kabel ausgerollt und Scheinwerfer aufgebaut. Die Schauspieler lassen sich schminken. Sie ziehen Kostüme an und bekommen Perücken aufgesetzt.

Max streift sich ein blütenweißes Nachthemd über, das sogar seinen Kopf bedeckt. Es hat nur zwei kleine Schlitze für die Augen. Und einen großen für den Mund, damit der Künstler Luft holen und sich Schokobonbons in den Mund stecken kann.

Frauen halten dem Jungen große Spiegel hin. Er dreht und wendet sich davor. Die Filmleute rufen: „Wir können dich von vorn, von hinten, von oben und unten sehn – Max, als Gespenst bist du einfach wunderschön!"

„O ja", sagt Max. „Das stimmt."

Er findet selbst, er ist das schönste Gespenst der Welt. Und schwupp, steckt er zur Belohnung zwei Schokobonbons durch den großen Schlitz im Gespensterhemd.

Er braucht nur „Piep" zu sagen und schon springen alle. Bald will er Himbeereis essen, bald Bockwurst mit

Senf. Als es ihm gebracht wird, ruft er: „Pfui! Puh! Äks!"

Nun will er Ball spielen, dann schaukeln und schließlich Autogramme geben.

Die Filmleute stöhnen. Max lässt ihnen wieder einmal keine Minute Ruhe. Er ist eben ein echter Filmstar.

Inzwischen ist es dunkel geworden. Der Regisseur schreit: „Alle in die Burg! Wir drehen die Gespensterszene!"

Im Rittersaal ist es eiskalt und stockdunkel. Da leuchtet ein Scheinwerfer auf und verbreitet Mondlicht. An den Wänden stehen die Ritterrüstungen stramm und funkeln blau.

„Achtung, Aufnahme!", schreit der Regisseur.

Nun ist es grabesstill im Rittersaal. Die Kameramänner haben ihre Kameras auf Max gerichtet. Und er beginnt zu spuken. Wie sich das für ein Gespenst gehört. Er stöhnt, poltert, ächzt, rasselt und macht viel Wind mit dem Gespensterhemd.

„Mehr!", schreit der Regisseur. „Zeig, was du kannst, Max!"

Plötzlich fühlt Max sich am Hemd gezogen. Er wird in eine Ritterrüstung gesperrt. Jemand raunt ihm ins Ohr: „Jetzt sollst du mal ein richtiges Gespenst erleben, du eingebildeter Filmaffe!"

Als Max sich von dem Schreck erholt hat, sieht er durch die Helmklappe in den Saal. Da schwebt ein Gespenst herum! Es sieht ihm zum Verwechseln ähnlich!

Max will rufen: Das ist meine Rolle! Ich spiele das Gespenst!

Aber da schreit das andere Gespenst, dass er eine Gänsehaut bekommt und keinen Mucks von sich gibt.

Das Gespenst zieht im Rittersaal eine Schau ab, einfach gespenstisch! Es flattert umher, kegelt mit seinem Kopf, erhängt sich an einem Balken, lacht: „Hi, ha, huhaha, wittewitt, bumm, bumm!", sticht sich ein Schwert in den Bauch, spuckt Blut (Pfui Teufel!), stöhnt und verschwindet schließlich im Kamin.

Minutenlang ist es totenstill im Rittersaal. Die Filmleute sind schweißgebadet. Ihre Gesichter sind grün. Sie schlottern mit den Knien und schlackern mit den Ohren.

Der Regisseur stottert: „Au-Au-Aufnahme beendet."

Die Filmleute verlassen eilig den Rittersaal. Max befreit sich aus der Rüstung. Er schleicht sich nach draußen.

Ihm ist noch ganz schwindlig vor Schreck.

Auf dem Burghof wird er mit rauschendem Beifall empfangen.

„Max, du warst einmalig, fantastisch, erste Sahne!", schreit der Regisseur.

„Aber das war ich doch nicht", sagt Max. „Das war ein richtiges Gespenst."

Doch keiner glaubt ihm. Die Filmleute wollen ihn mit Schokobonbons und Geschenken verwöhnen. Aber Max lehnt alles ab. Er sagt: „Ich bin doch kein eingebildeter Filmaffe."

Nun springen alle umher und lachen wie das Gespenst: „Hi, ha, huhaha, wittewitt, bumm, bumm!"

So küsst man Gespenster

Schönau ist ein friedliches kleines Nest.
Es ist Frühling. Und Sonntagmorgen. Die
Sonne wärmt. Es duftet nach Flieder und
frischem Grün. Die Glocken läuten und
die Schönauer sind auf dem Weg zur
Kirche.

Auch die kleine Hilda geht zur Kirche.
Zwischen Großvater und Großmutter.
Gestern ist sie in Schönau angekommen
um die Großeltern zu besuchen.

Hilda kommt immer wieder gern nach
Schönau. Oft ist ihr die große Stadt, in
der sie mit ihren Eltern wohnt, zu laut.
Außerdem backt Großmutter den
knusprigsten Zuckerkuchen. Und
Großvater erzählt die schönsten
Geschichten.

Auf dem Kirchweg summt und pfeift
Hilda.

„Zizida, pink, pink!", antwortet Hilda der

Kohlmeise. „Didlit, didlit!", ruft sie den
Stieglitz.

In der Kirche ist es kühl und feierlich.
Der Pfarrer erzählt eine Geschichte aus
der Bibel. Die Orgel spielt. Die Kirchenbesucher singen: „Frühmorgens, da die

Sonn' aufgeht, mein Heiland Christus aufersteht …"

Hilda singt mit, ein bisschen falsch, aber dafür umso lauter. Bald wird es ihr langweilig. Sie versucht eine Fliege zu fangen. Aber die surrt weg. Hilda gähnt. Sie schaut sehnsüchtig auf den Sonnenstrahl, der durch ein Fenster fällt.

Plötzlich poltert es im Glockenturm. Jemand faucht, hustet, lacht. Der Herr Pfarrer schaut mit gefalteten Händen nach oben. Die Kirchenbesucher werden unruhig. Was ist denn da los?

Für ein paar Sekunden ist es ruhig in der Kirche. Dann aber zischt etwas Weißes über die Köpfe der Leute hinweg, dass ihnen Hören und Sehen vergeht.

„Ein fliegendes Nachthemd!", ruft Hilda. Sie ist froh, dass endlich etwas passiert.

„Mein Gott!", ruft der Pfarrer und macht drei Kreuze. „Ein Gespenst in meiner Kirche!"

Das Gespenst rumort den Leuten in den Ohren. Es wirft die Gesangbücher von den Bänken. Dem Pfarrer zieht es die Perücke vom Kopf. Auf dem Altar bläst es die Kerzen aus. Und nun spielt es auf der Orgel, dass es klingt, als wäre ein schweres Gewitter. Der Pfarrer versteckt sich hinter der Kanzel. Die Leute ergreifen die Flucht. Die Großeltern ziehen Hilda nach draußen. Jeder rennt nach Hause und schließt sich ein.

Das Gespenst ist von nun an in Schönau Tagesgespräch. Es lehrt die Schönauer das Fürchten. Um Mitternacht läutet es die Glocken. Es rüttelt an den Fensterläden. Spaziergängern legt es seine kalte Hand aufs Herz. Und gehst du um eine Hausecke, springt es hervor und schreit: „Huhuuu!"

Die Schönauer haben Angst. Sie beraten, wie das Gespenst zu vertreiben ist. Die Männer aus dem Schützenverein wollen es erschießen. Die Polizei will es verhaften. Der Lehrer würde es gern ausstopfen und in der Schule neben das Gerippe stellen.

Die Großeltern haben Hilda verboten
das Haus zu verlassen. Denn das
Gespenst lauert überall. Aber Hildas
Neugier besiegt bald ihre Angst. Und sie
ist schließlich nicht nach Schönau
gekommen um im Zimmer zu sitzen.

Eines Nachts schleicht Hilda sich aus
dem Haus. Sie geht in die Kirche und
steigt den Glockenturm hinauf. Wumm,
bumm!, schlägt ihr Herz.

Endlich steht Hilda zwischen den
großen Glocken. Sie fragt: „Ist da
jemand?"

Zuerst bleibt es still. Nur die Tauben
gurren im Schlaf. Und die Mäuse huschen
über die Balken. Doch dann ruft jemand:
„Hier. Hier bin ich."

Das Gespenst schaukelt am Glocken-
seil. Es fragt: „Hast du denn keine Angst
vor mir?"

„Nur ein bisschen", antwortet Hilda.
„Und wenn du mir nichts tust, hab ich gar
keine."

„Du sollst aber Angst haben!", ruft das
Gespenst. „Huhuuu!"

„Quatsch mit Soße", sagt Hilda. „Die
Leute zu erschrecken ist blöd. Morgen
gehen wir ein Eis essen. Ich lade dich
ein."

Am nächsten Tag bekommen die
Schönauer den Mund nicht wieder zu. Da
sitzen doch Hilda und das Gespenst vor
dem Café, schlecken Eis und unterhalten
sich. Hilda erfährt, dass das Gespenst
Huhu heißt und sich schrecklich allein
fühlt.

Sie sagt: „Jetzt bin ich ja da, Huhu. Ich
werde mich um dich kümmern."

Hilda und Huhu treffen sich von nun an
jeden Morgen. Die Schönauer haben sich
bald daran gewöhnt, dass die beiden

immer zusammen sind. Das Mädchen und das Gespenst spielen Fußball miteinander. Im Badesee tauchen sie nach bunten Steinen. Vom höchsten Berg rufen sie: „Holladrio!", und das Echo ruft es siebenmal zurück. Auf dem Jahrmarkt fahren sie Gespensterbahn. Manchmal stößt Huhu einen Freudenschrei aus und malt mit roter Marmelade Herzen in den Himmel.

Doch eines Tages sind Hildas Ferien zu Ende. Sie muss in die Stadt zurück.

Hilda und Huhu stehen auf dem Bahnhof. Beide sind traurig.

„Nimm mich mit, Hilda", sagt Huhu. „Bitte."

Hilda sagt: „Die Stadt ist nichts für dich, Huhu. Dort fliegst du womöglich bei Rot über die Straße und wirst von einem Auto überrollt."

Der Zug fährt in den Bahnhof ein. Hilda gibt Huhu einen Kuss. Dann steigt sie in den Zug und winkt aus dem Fenster. Der Zug fährt los.

„Mach's gut, Huhu!"

„Auf Wiedersehen, Hilda!"

Huhu weint dicke Tränen. Dann sitzt das Gespenst im Glockenturm und fühlt sich furchtbar allein. Es langweilt sich. Was soll es denn jetzt tun? Leute erschrecken ist blöd. Spielen ist viel schöner.

Schließlich hält es Huhu nicht mehr aus. So schlimm wird die Stadt schon nicht sein. Das Gespenst fliegt zum Bahnhof und dem Zug hinterher.

„Huhuuu! Hilda, ich komme!"

Leselöwen

Für den
löwenstarken
Lesehunger!

Schulklassengeschichten
Seeräubergeschichten
Tiergeschichten
Unsinngeschichten
Vampirgeschichten

uchgeschichten
onygeschichten
äubergeschichten
ttergeschichten
chulgeschichten